HARUKI MURAKAMI

9 stories

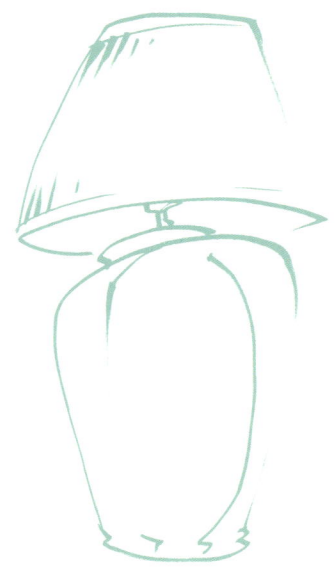

무라카미 하루키 단편 만화선 #8

잠

眠り

무라카미 하루키 소설　　PMGL 만화　　Jc 드브니 각색　　권영주 옮김

일러두기

모든 주는 옮긴이주입니다.
오른쪽에서 왼쪽으로, 위에서 아래로 읽도록 구성되어 있으며 이는 원서와 동일합니다.

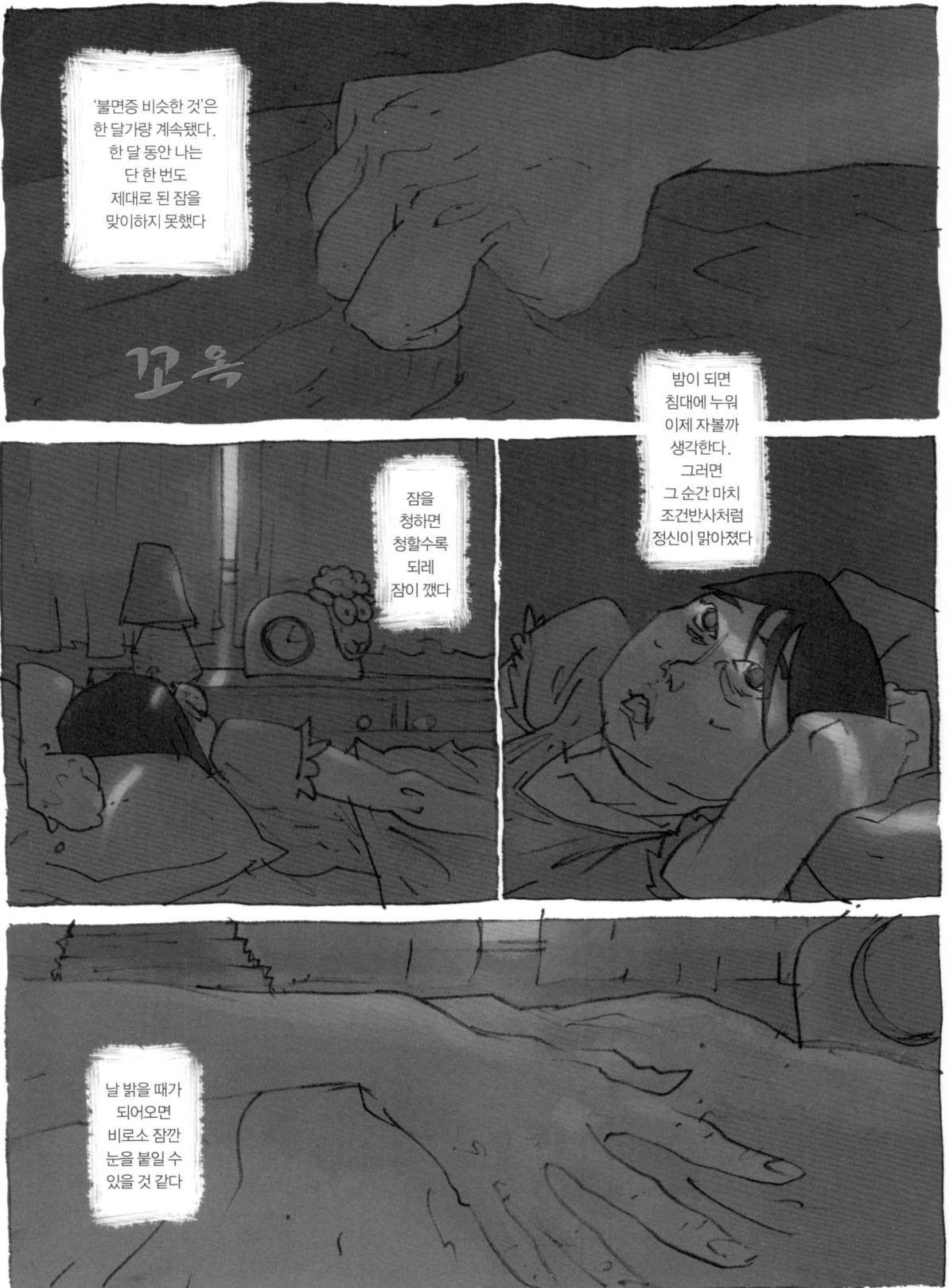

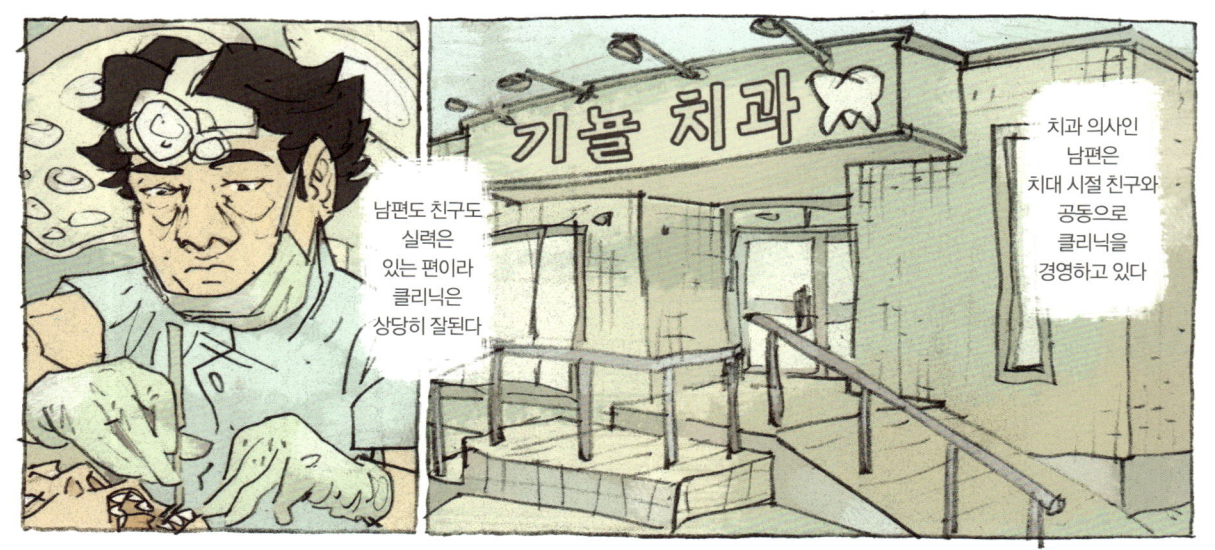

남편은 아이와 함께 아침 8시 15분에 블루버드를 타고 아파트 주차장을 나선다

조심해서 다녀와

걱정 마

부웅-

나는 말할 수밖에 없다

'조심해서 다녀와'라고

찰칵

그리고 남편은 이렇게 대답할 수밖에 없다. '걱정 마'라고

다녀오겠습니다

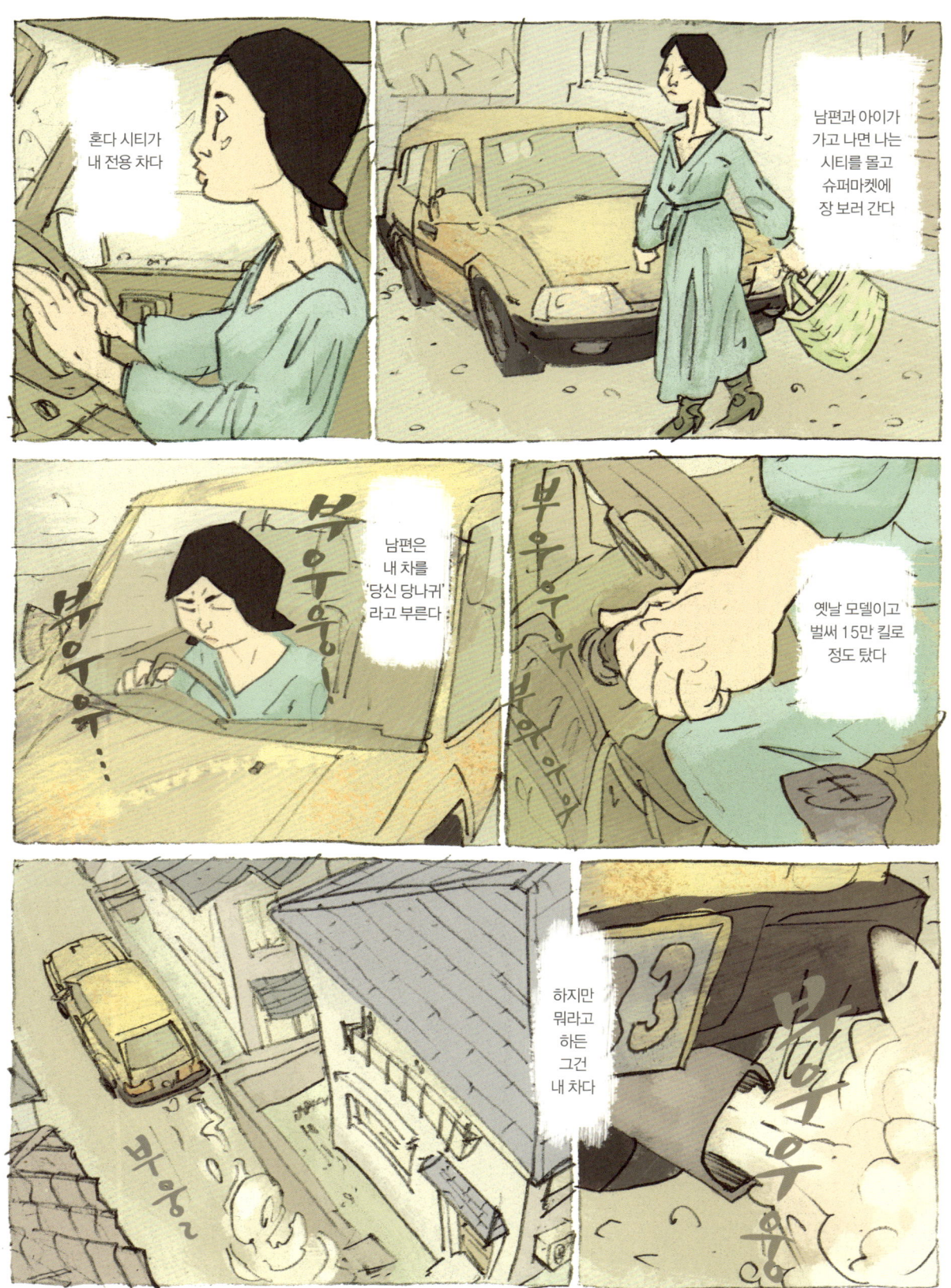

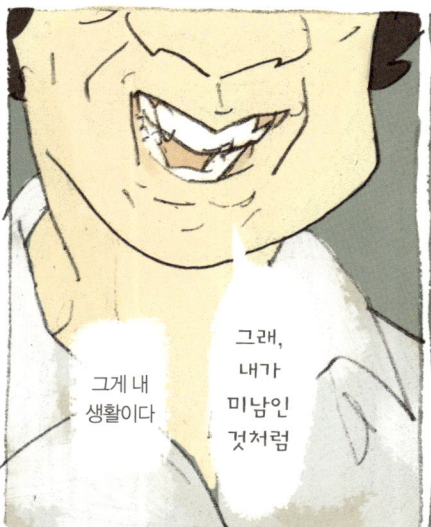

하지만 지금 나는 잠을 못 잔다.

잠을 자지 못하게 된 뒤로 일기 쓰는 것도 그만뒀다

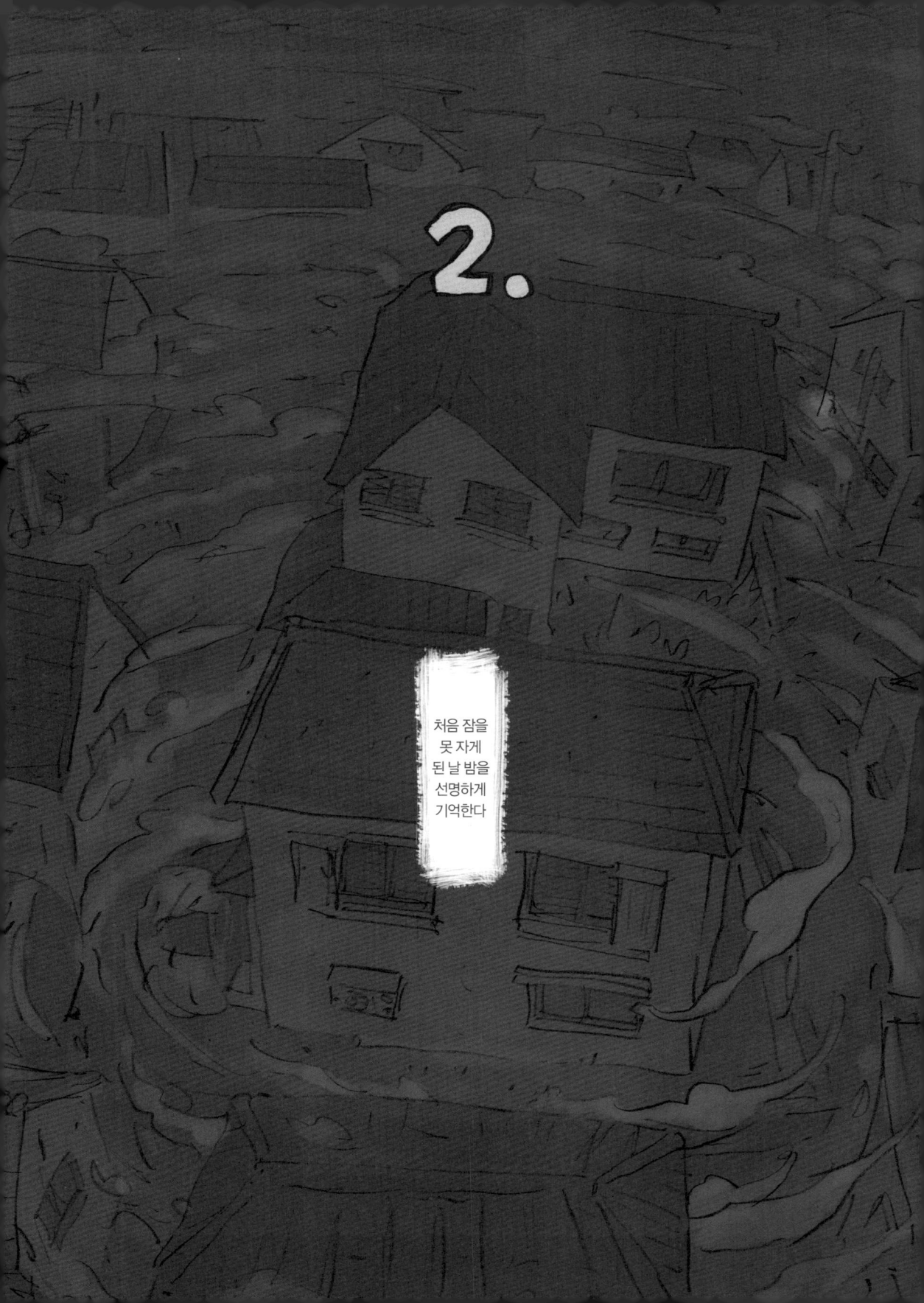

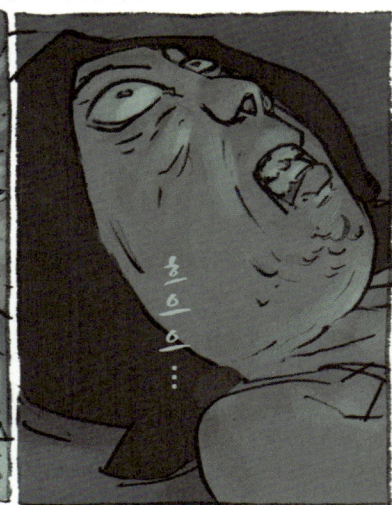

나는 눈을 감고 그 이상은 불가능할 정도로 크게 비명을 질렀다

하지만 비명은 밖으로 나오지 않았다. 내 몸속에서 소리도 없이 울려 퍼졌을 뿐이다

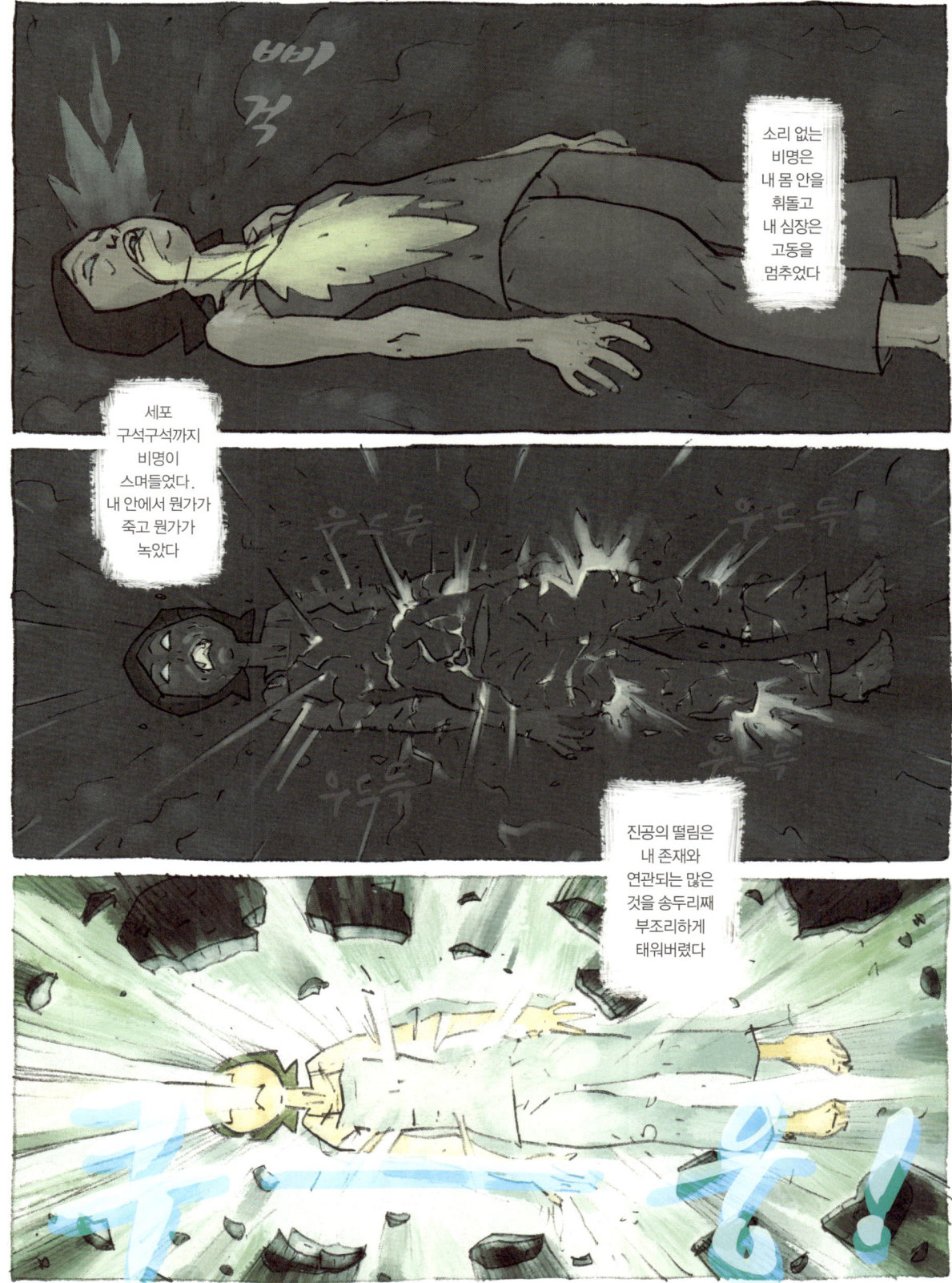

눈을 떴을 때 이미 노인의 모습은 사라지고 없었다

침대에 물 끼얹은 흔적은 없었다

그 대신 내 몸은 땀으로 흠뻑 젖어 있었다. 무시무시한 양이었다

십중팔구 가위눌린 것이다

너무나도 생생하고 선명해서 도무지 꿈 같지 않다고 했다

가위를 경험해본 대학 시절 친구에게 이야기를 들은 적은 있었다

정말로 꿈 같지 않았다

하지만 공포가 엷어져도 몸의 떨림은 좀처럼 멎지 않았다

안나 카레니나와 브론스키가 모스크바 기차역에서 만나는 대목까지 단숨에 읽었다

하지만 그날 밤 나는 《안나 카레니나》에 의식을 집중할 수 있었다

그 시대 사람들은 남아도는 시간이 많았나보다

주인공인 안나 카레니나가 116페이지까지 한 번도 등장하지 않는 것이다

전에 읽었을 때는 전혀 생각을 못 했는데 다시 보니 참 기묘한 소설이다

그렇지만 나는 조금도 졸리지 않았다

어느새 시곗바늘이 3시를 가리키고 있었다

그렇게까지 심하게 배가 고픈 것은 내게 흔치 않은 일이었다

정말로 숨 막힐 것처럼 폭력적인 공복감이었다

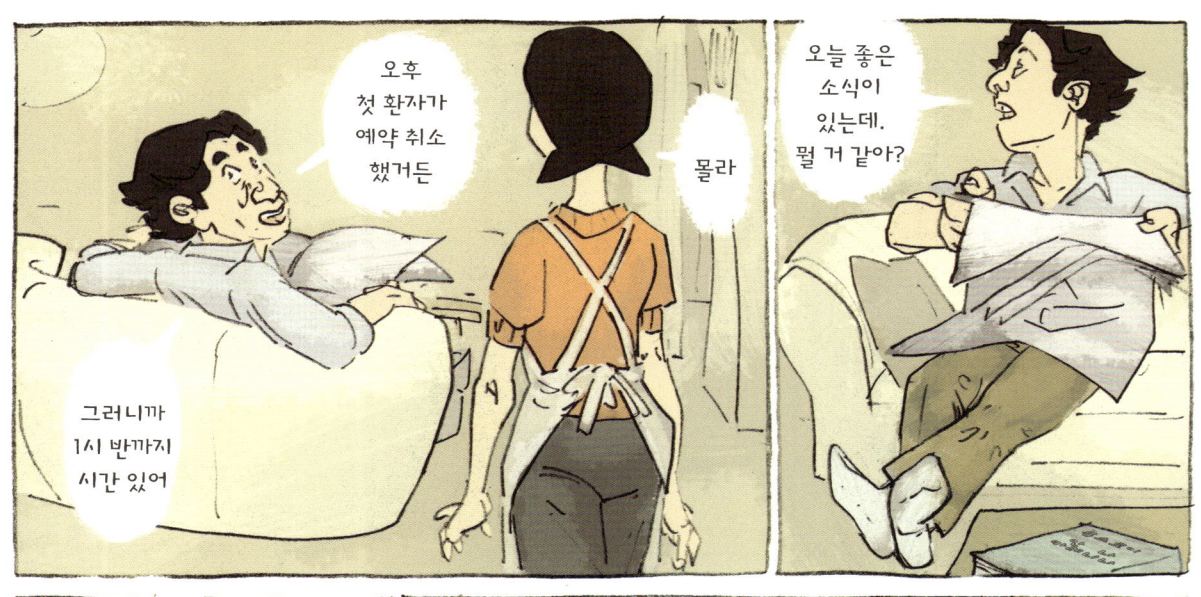
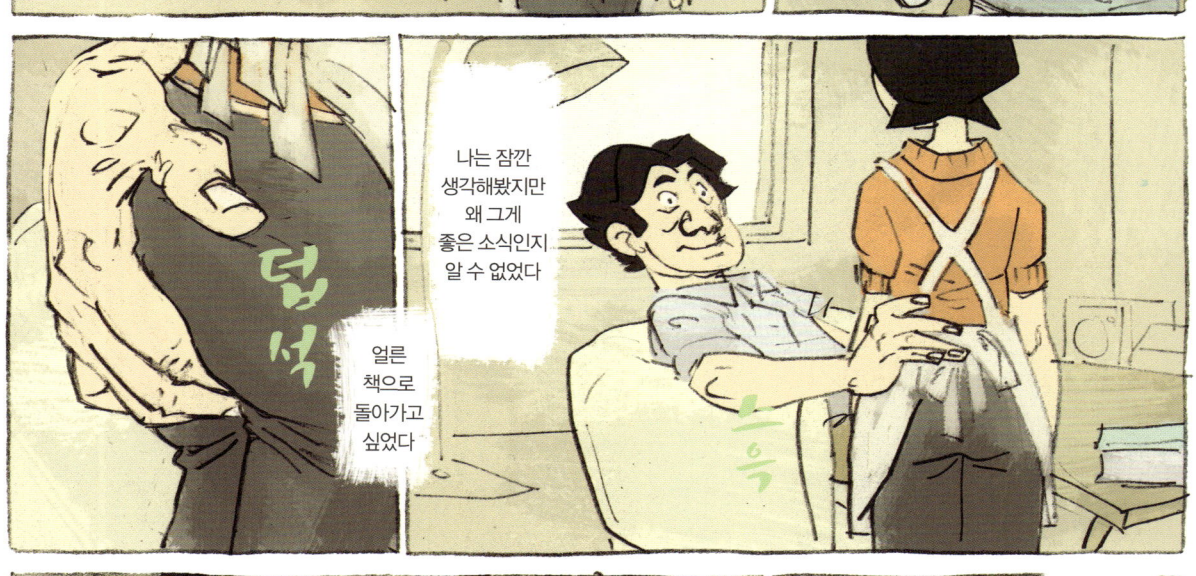

푸숭

푸식

조심해서 다녀와!

평소 같으면 오래전에 잠들었을 법한데

어째서 잠이 오지 않는 걸까?

부우우웅

하지만 그와 동시에 여느 때처럼 수영장에 가서 헤엄치고도 싶었다

물론 《안나 카레니나》를 더 읽고 싶었다

뽀글

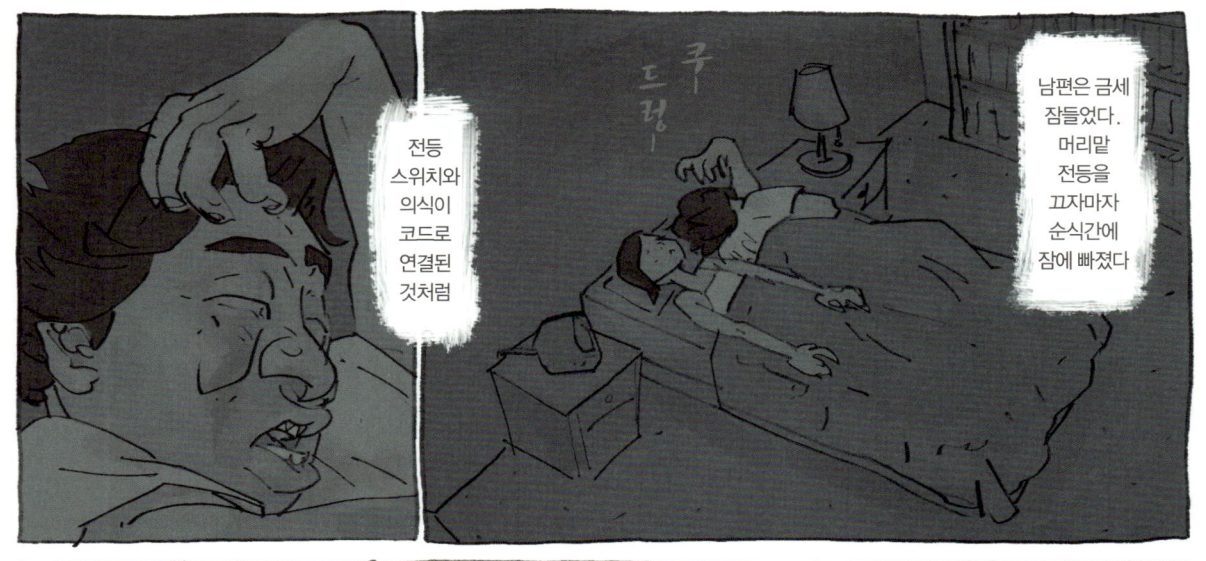

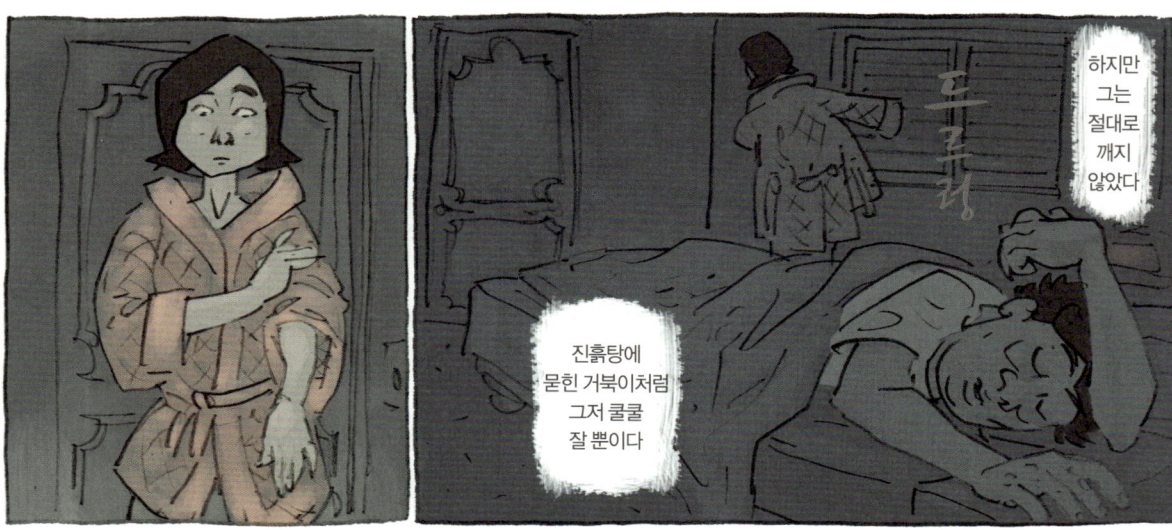

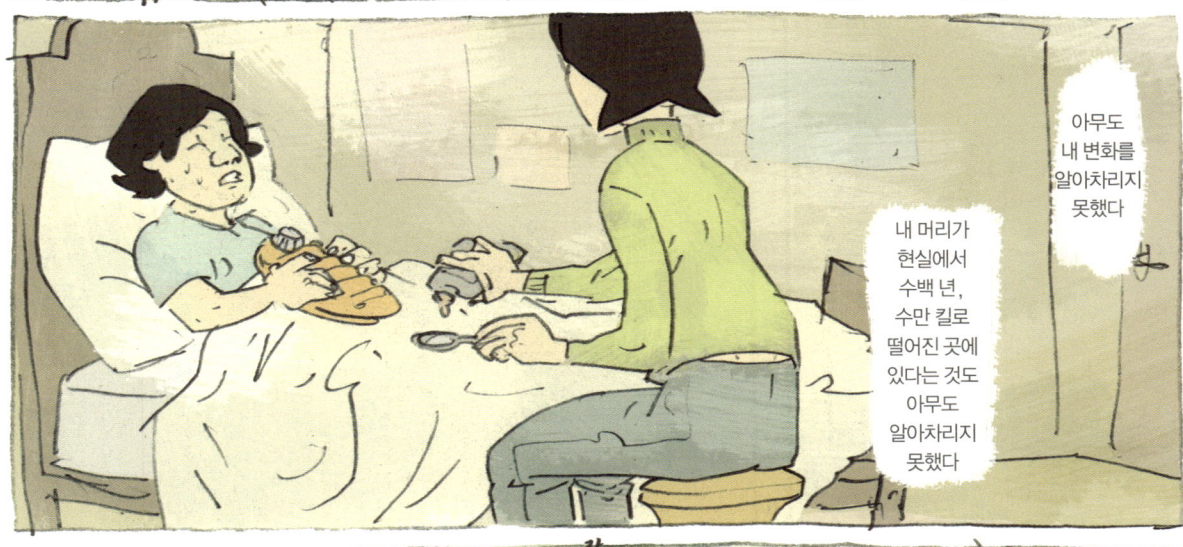

이상한 도서관

치유 따위
바라지
않는다

참고하지 말 것

나는
잠을
자지
않겠다

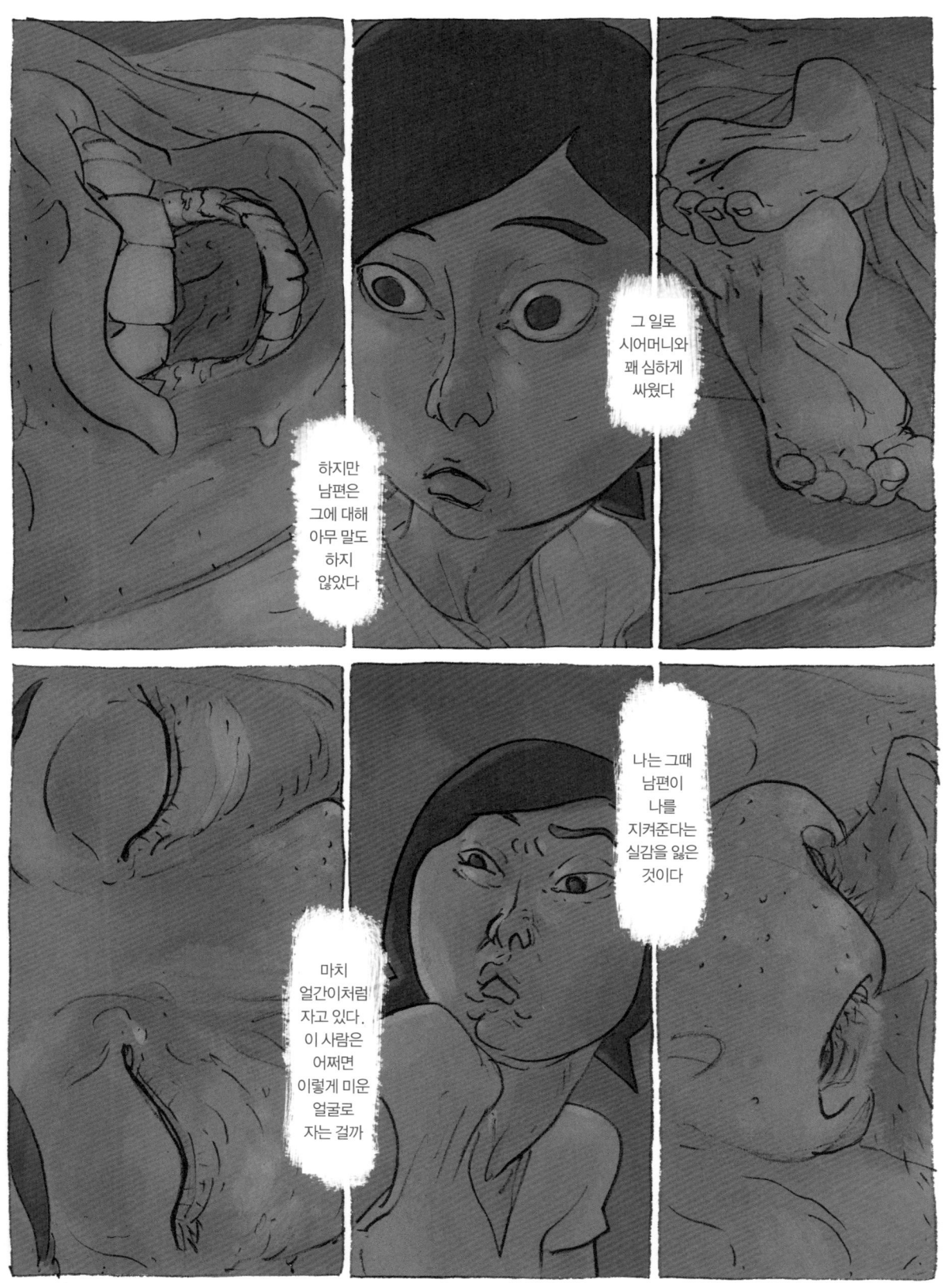

상상력의
개입을
허용하지
않는 듯한,
묘하게
경직된 부분

아들은 제
아버지와
자는 얼굴이
똑 닮았다.
또 시어머니
얼굴을
똑 닮았다

그런
생각을
하니
슬펐다

결국은
타인이다

이 애가
성장해봤자
내 기분을
절대로
이해하지
못할 것이다

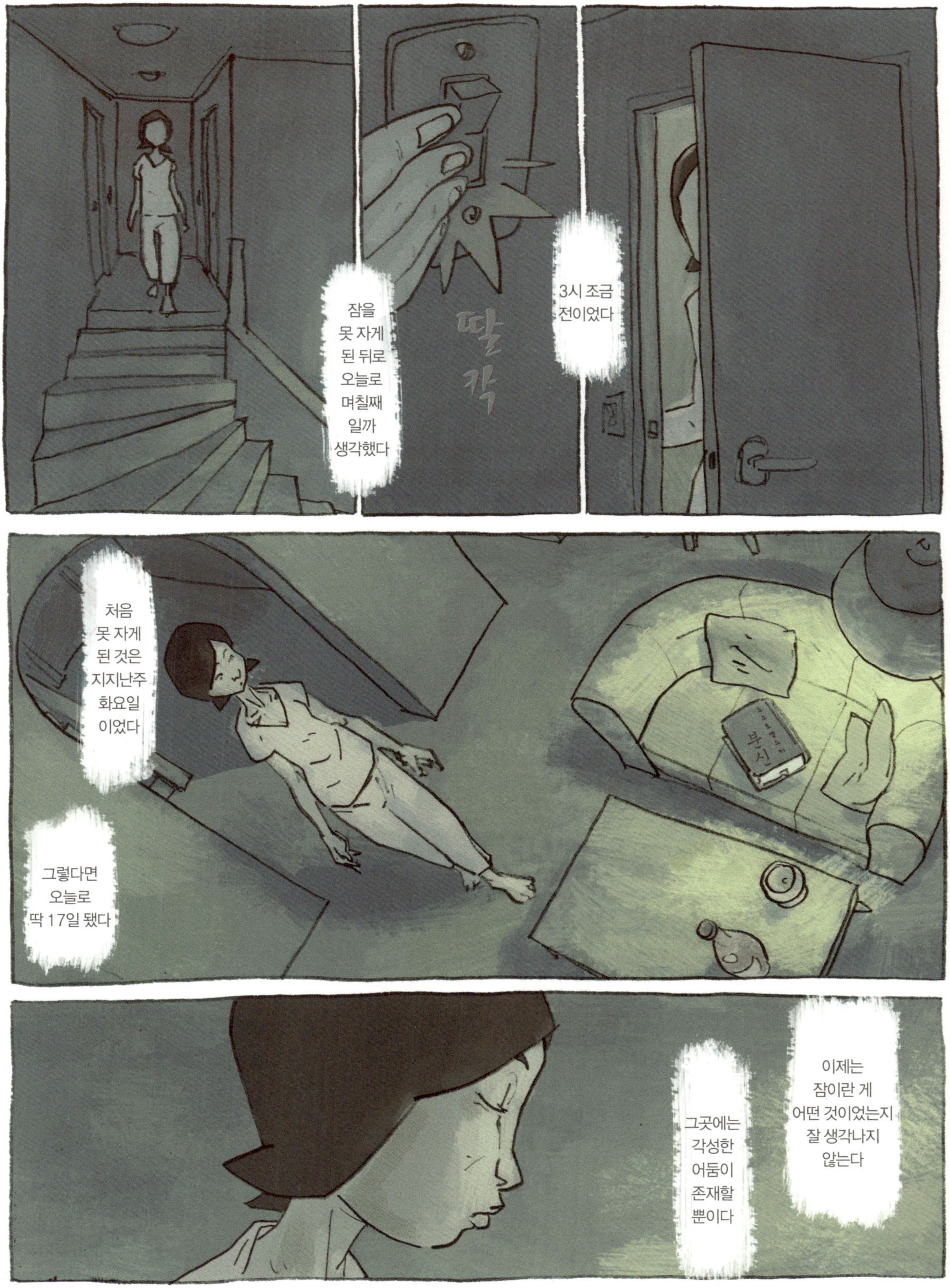

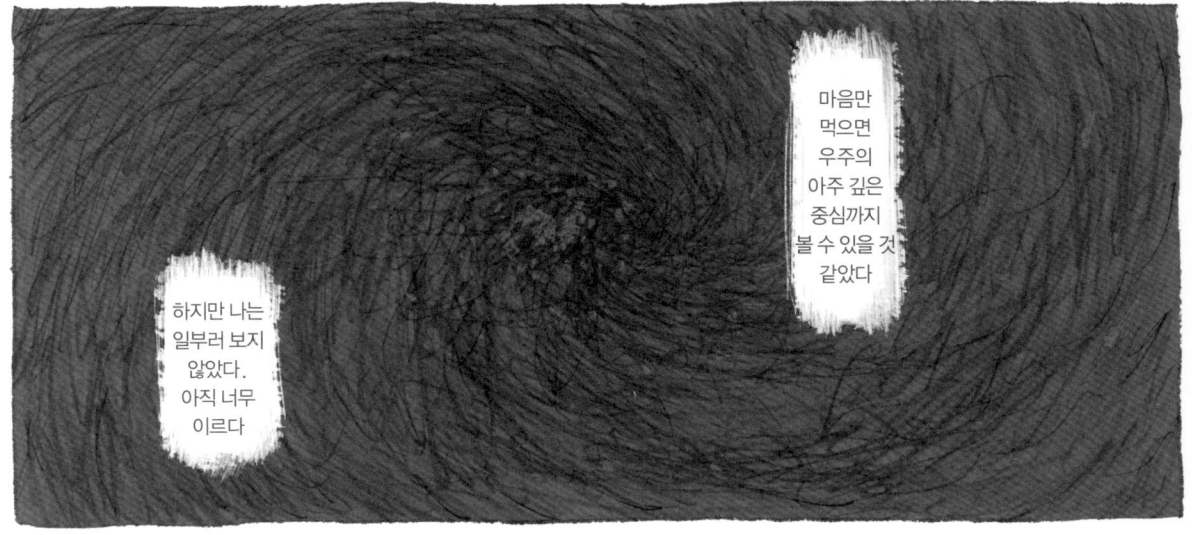

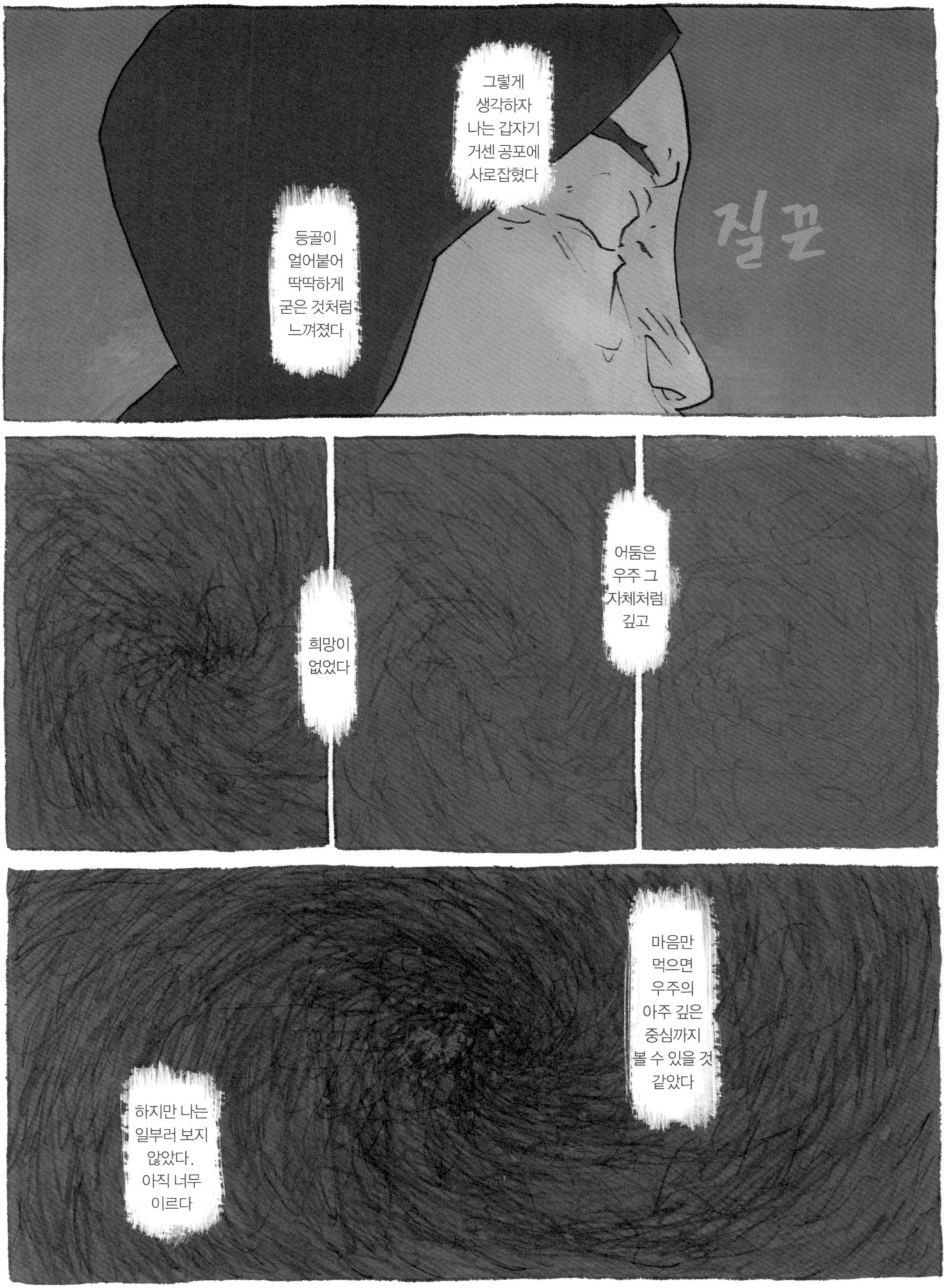

어디를 틀어봐도 들리는 것은 재미없는 일본어 록 음악뿐이다. 징글징글하고 끈적거리는 러브송

클래식을 듣고 싶었지만 한밤중에 틀어주는 방송국을 찾지 못했다

아주아주 먼 곳에서 온 듯한 기분이 들었다

살롱에 있는 인형보다도
나의 레코드는 거울
이런 식으로 이유도 없이 노래를 불러

나는 하는 수 없이 그걸 들었다

나는 모차르트 로부터도 하이든 으로부터도 멀리 떨어져 있다

설명해도 그들은 이해하지 못할 것이다

매일 밤이 되면, 잠을 잤을 무렵의 나는 진짜 내가 아닌 것 같고 당시 기억은 진짜 내 기억이 아닌 것처럼 느껴진다

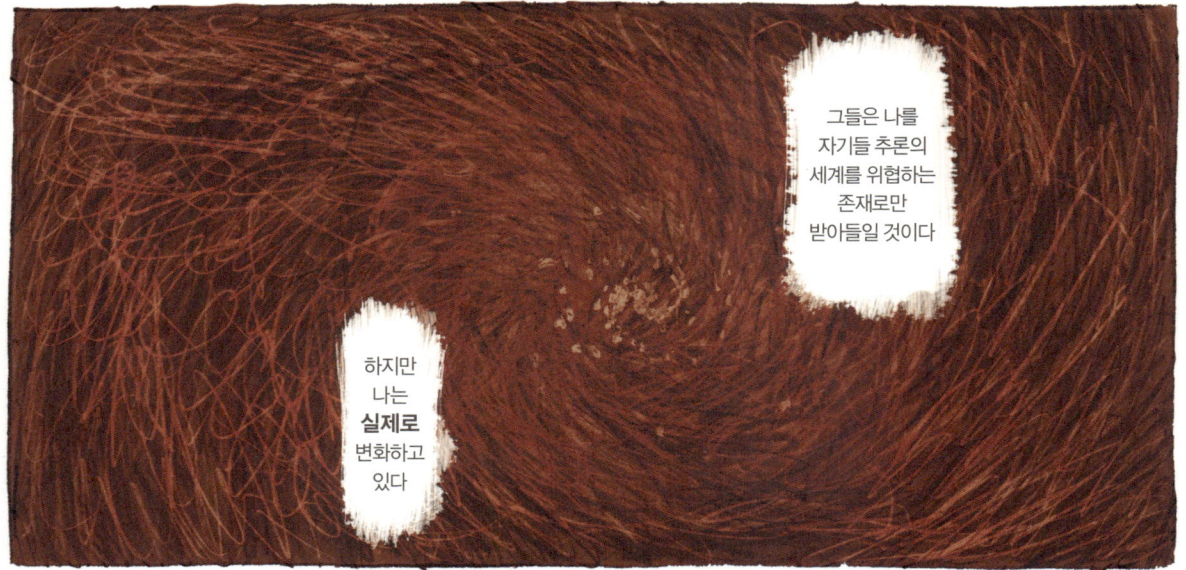

그들은 나를 자기들 추론의 세계를 위협하는 존재로만 받아들일 것이다

하지만 나는 **실제로** 변화하고 있다

그들은
내 차를
넘어뜨리려
하는 것이다

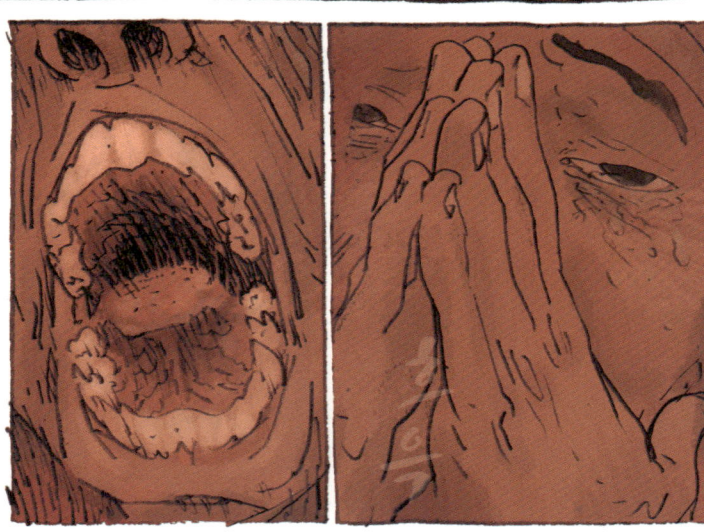

JC Deveney & PMGL d'après Haruki Murakami

HARUKI MURAKAMI

— 9 stories —

HARUKI MURAKAMI 9 STORIES: NEMURI
by Haruki Murakami, Jc Deveney, PMGL
Copyright © 2020 Harukimurakami Archival Labyrinth, Jc Deveney, PMGL
All rights reserved.
Originally published in Japan by Switch Publishing Co., Ltd., Tokyo.
Korean translation rights arranged with Harukimurakami Archival Labyrinth,
Japan through THE SAKAI AGENCY and IMPRIMA KOREA AGENCY.

Korean translation copyright © 2023 Viche, an imprint of Gimm-Young Publishers, Inc.

이 책의 한국어판 저작권은 THE SAKAI AGENCY 와 임프리마 코리아 에이전시를 통한
Harukimurakami Archival Labyrinth 와의 독점 계약으로 비채에 있습니다.
저작권법에 의해 한국 내에서 보호를 받는 저작물이므로 무단전재와 무단복제를 금합니다.

잠

무라카미 하루키 단편 만화선 #8

1판 1쇄 인쇄 2023년 9월 25일 | 1판 1쇄 발행 2023년 10월 30일

소설 | 무라카미 하루키
만화 | PMGL   각색 | Jc 드브니
옮긴이 | 권영주
펴낸이 | 고세규
편집 | 장선정 박규민   디자인 | 홍세연 유향주
마케팅 | 이헌영 박인지 정희윤   홍보 | 반재서 박상연

발행처 | 김영사
주소 | 경기도 파주시 문발로 197(문발동)   우편번호 | 10881
등록 | 1979년 5월 17일 (제406-2003-036호)
구입 문의 | 전화 031)955-3100   팩스 031)955-3111
편집부 | 전화 02)3668-3295   팩스 02)745-4827   전자우편 literature@gimmyoung.com
블로그 | blog.naver.com/viche_books
트위터 | @vichebook   인스타그램 | @drviche

ISBN | 978-89-349-4228-3 04830   978-89-349-4665-6(세트)
책값은 뒤표지에 있습니다.

비채는 김영사의 문학 브랜드입니다.